Contos de mistério

Contos de mistério

Edgar Allan Poe

Texto adaptado da obra original

DISAL
EDITORA

© Disal Editora e Helbling Languages 2015
Baseado em Helbling Readers © Helbling Languages 2015
Adaptado da obra original *Tales of Mystery* por Janet Olearski

Tradução: Cristina Yamagami
Produção editorial: Crayon Editorial
Caderno de Atividades: Antonio Carlos Olivieri
Assistente editorial: Aline Naomi Sassaki
Impressão e acabamento: Centro de Estudos Vida e Consciência e Editora Ltda., em agosto de 2015

Dados Internacionais de Catalogação na Publicação (CIP)
(Câmara Brasileira do Livro, SP, Brasil)

Poe, Edgar Allan, 1809-1849.
　　Contos de mistério / Edgar Allan Poe ; [tradução Cristina Yamagami].
– Barueri, SP : DISAL, 2015. – (O prazer de ler)

　　Título original: Tales of mistery.
　　"Texto adaptado do original."
　　ISBN 978-85-7844-183-8

　　1. Ficção policial e de mistério (Literatura norte-americana) 2.
Romance norte-americano I. Título. II. Série.

15-05932　　　　　　　　　　　　　　　　　　CDD-813.0872

Índices para catálogo sistemático:
1. Ficção policial e de mistério : Literatura norte-americana 813.0872

Todos os direitos reservados em nome de:
Bantim, Canato e Guazzelli Editora Ltda.

Alameda Mamoré 911 – cj. 107
Alphaville – BARUERI – SP
CEP: 06454-040
Tel. / Fax: (11) 4195-2811
Visite nosso site: www.disaleditora.com.br
Televendas: (11) 3226-3111

Fax gratuito: 0800 7707 105/106
E-mail para pedidos: comercialdisal@disal.com.br

Sumário

Sobre o autor

Edgar Allan Poe nasceu em 19 de janeiro de 1809, na cidade de Boston, Estados Unidos. Seus pais morreram quando ele tinha apenas 2 anos de idade e ele foi criado por John Allan, um empresário escocês.

Poe estudou na Grã-Bretanha e nos Estados Unidos. Foi um bom aluno e frequentou a Universidade da Virginia e a famosa Academia Militar de West Point. O escritor passou dois anos no exército e, nesse período, concluiu suas primeiras coletâneas de poesia, publicadas em 1827 e em 1829.

Poe trabalhou como jornalista e crítico literário para várias revistas e jornais. Escreveu muitos contos, incluindo "Os assassinatos da Rua Morgue" (1841), "O poço e o pêndulo" (1843) e "O gato preto" (1843). As histórias tratam de temas sombrios e inquietantes, e Poe foi criticado nos Estados Unidos por seu estilo "gótico". Na Europa, contudo, sua obra se tornou popular e influente.

Edgar Allan Poe era um homem adoentado e deprimido. A morte de vários parentes próximos, entre eles sua jovem esposa Virginia, o afetou profundamente. Ele também bebia muito, agravando seus problemas de saúde. Os textos lhe rendiam pouco dinheiro e ele viveu na pobreza, acumulando dívidas. Faleceu no dia 7 de outubro de 1849.

A maior contribuição de Poe à literatura mundial foi o desenvolvimento do conto como uma forma de arte.

Sobre o livro

As três histórias deste livro, "A queda da Casa de Usher", "O retrato oval" e "A máscara da Morte Vermelha", são exemplos de contos da tradição gótica. A literatura gótica foi popularizada na Grã-Bretanha no fim do século 18, e explora o lado sombrio da natureza e das experiências humanas como: morte, fantasmas, isolamento, depressão, loucura e cenários desoladores. Foi Poe quem levou a literatura gótica para a América. O autor cria, nessas três histórias, uma atmosfera de medo e horror, tanto físicos quanto psicológicos. A loucura e a morte são temas recorrentes nas histórias.

A queda
da Casa de Usher

Sobre o conto

O conto **A queda da Casa de Usher** foi escrito em 1839. É uma das narrativas de terror mais populares de Poe e inclui todos os elementos essenciais da literatura gótica: uma casa assustadora, um cenário desolador, uma doença misteriosa, um clima tempestuoso e personagens atormentados. A história do demente Roderick Usher e sua estranha irmã gêmea, lady Madeline, é considerada hoje uma obra-prima e um clássico do gênero das narrativas curtas.

Poe cria uma sensação de claustrofobia na história. Os personagens não podem transitar livremente pela residência e o narrador só consegue escapar depois do colapso físico da casa. Madeline e Roderick são gêmeos, o que os impede de se desenvolverem como dois indivíduos completos. Madeline é enterrada ainda em vida e acaba matando o irmão, caindo sobre ele e esmagando-o.

A história inspirou muitas outras obras, incluindo filmes, óperas, peças de teatro, canções, jogos de computador e inúmeros textos de ficção.

A queda da Casa de Usher

Era um dia carregado, soturno e silencioso de outono, as nuvens pairavam baixas no céu e eu passei o dia todo cavalgando sozinho pelo campo lúgubre. Quando caiu a noite, me encontrei diante da melancólica Casa de Usher. Observei a casa e senti uma profunda tristeza.

Olhei para a cena que se estendia diante de mim: a casa e a paisagem simples, as paredes sombrias, as janelas como olhos vazios, a grama áspera e alguns troncos brancos se decompondo. Fui tomado por um sentimento de angústia, como um viciado em ópio despertando de um sonho. Senti frio e meu coração gelou e ficou pesado. O que me deixava tão nervoso quando eu pensava na Casa de Usher? Aquilo era um mistério e eu não tinha como lutar contra os pensamentos sombrios que me acometiam.

Cheguei à insatisfatória conclusão de que algumas coisas estão fora do alcance do nosso entendimento. Se o cenário diante de mim fosse de alguma forma diferente, talvez ele não me causasse uma impressão tão triste. Com isso em mente, cavalguei até a beira de um lago negro, próximo à casa, e, tremendo mais do que antes, vi o reflexo da grama cinzenta na água, dos medonhos troncos de árvore e das janelas de olhos vazios.

Mesmo sentindo essa má impressão, me propus a passar algumas semanas naquela casa sombria. Seu proprietário, Roderick Usher, era meu amigo de infância, mas há muitos anos não o via. Eu havia recebido uma carta dele, que dava sinais de que ele estava extremamente atormentado. Usher falava de uma enfermidade física e de um distúrbio da mente. Dizia que eu era seu melhor e único amigo, e acreditava que a satisfação da minha companhia poderia aliviar seus males. Não hesitei quando li aquelas palavras e atendi seu pedido imediatamente.

Apesar de termos sido bons amigos na infância, eu sabia muito pouco sobre Usher. Ele sempre foi bastante reservado. Eu sabia, contudo, que sua família era talentosa, com uma ardente devoção pela

música. Eles também foram retratados, ao longo dos anos, em muitas obras de arte e eram responsáveis por incontáveis atos de caridade. Além disso, era sabido que a árvore genealógica da família Usher nunca tinha produzido um ramo duradouro; a família inteira tinha uma linha direta de descendência, com pouquíssima variação.

Comecei a pensar em como o caráter da casa se encaixava à perfeição com o caráter das pessoas que nela viviam, e especulei sobre a possível influência que uma coisa pode ter exercido sobre a outra ao longo dos séculos. Na verdade, foi a falta de descendentes e a contínua transferência, de pai para filho, da mansão e do nome da família que levou tanto a propriedade quanto a família a serem identificadas com o título "Casa de Usher". Na mente dos camponeses que usam a denominação, ela parecia incluir tanto a família quanto o casarão.

Quando levantei os olhos do reflexo na água e avistei diretamente a casa, um pensamento estranho tomou a minha mente. Foi uma ideia tão ridícula que só a revelo para demonstrar a força dos meus sentimentos. Eu estava tão concentrado na minha imaginação que realmente acreditei que uma atmosfera envolvia a casa inteira e a área que a cercava, uma atmosfera que não tinha qualquer ligação com o ar. Ela parecia se originar das árvores em decomposição, das paredes cinza e do lago silencioso como um nevoeiro pestilento e misterioso.

Libertando o meu espírito do que só podia ter sido um sonho, analisei friamente a mansão. Sua principal característica parecia ser a idade excessiva. Ela tinha perdido a cor e minúsculos fungos cobriam todo o exterior, uma delicada teia emaranhada pendendo das bordas do telhado. Havia uma incongruência entre o estado aparentemente perfeito das paredes e o aspecto decadente de cada uma das pedras que a formavam. Tirando esse sinal de intensa decrepitude, a mansão dava poucos sinais de instabilidade. Talvez um observador atento pudesse identificar uma fissura quase imperceptível nascendo no telhado, na frente da casa, e descendo em zigue-zague pela parede até se perder nas águas do lago.

Observando esses detalhes, cruzei a galope uma pequena ponte até chegar à casa. Um criado ficou com o meu cavalo e entrei pelo arco gótico do salão. O mordomo me conduziu, em silêncio, por vários corredores escuros e sinuosos até o quarto de seu patrão. Muito do que vi pelo caminho contribuiu para intensificar as sensações que mencionei. Os objetos de decoração, os entalhes no teto, as tapeçarias sombrias nas paredes, os pisos escuros e as armaduras que vibravam à minha passagem eram os mesmos objetos que eu me lembrava da infância.

Mesmo assim, me surpreendi com os estranhos pensamentos que aquelas imagens corriqueiras produziam na minha mente. Em uma escadaria, encontrei o médico da família. Ele tinha uma expressão perplexa no rosto e parecia agitado quando passou por mim. O mordomo enfim abriu uma porta e me conduziu à presença de meu amigo.

O cômodo no qual me encontrei era muito amplo e alto. As janelas eram compridas e estreitas, e ficavam tão distantes do piso de madeira escura que eram inacessíveis para quem estivesse no interior do aposento. Débeis raios de luz passavam através dos vidros das janelas, possibilitando distinguir os objetos mais proeminentes, apesar de ser difícil enxergar os cantos remotos do quarto ou o teto. Tapeçarias escuras pendiam nas paredes. A mobília era velha e surrada. Muitos livros e instrumentos musicais estavam espalhados pelo cômodo. Senti que respirava uma atmosfera de tristeza. Um ar de melancolia permeava tudo.

Quando entrei, Usher levantou-se do sofá no qual estava deitado e me cumprimentou calorosamente, mas achei que fui saudado com uma cordialidade exagerada. Um rápido olhar para o rosto dele, contudo, me convenceu de sua sinceridade. Nós nos sentamos e passei alguns momentos encarando-o com um misto de pena e espanto. Nenhum homem mudou tanto em tão pouco tempo quanto Roderick Usher! Foi com dificuldade que reconheci, naquele homem pálido diante de mim, meu amigo de infância. As feições de seu rosto sempre foram marcantes. Ele tinha a pele branca como a de um cadáver, olhos grandes e luminosos e lábios finos e muito pálidos, mas de belo formato. Seu nariz era delicado, porém as narinas eram amplas. Ele tinha o queixo bem formado e cabelos com maciez de teias de aranha. Esses traços, combinados com uma testa alta, compunham um rosto que não se esquecia com facilidade. Mas agora, suas feições eram tão exageradas e tudo nele era tão diferente, que eu duvidava estar mesmo diante do meu amigo. O que mais me chocou foi a palidez da pele e o brilho dos olhos. O cabelo sedoso estava comprido e selvagem, flutuando ao redor de seu rosto. Eu não conseguia, nem com esforço, vê-lo como uma pessoa normal.

Fiquei impressionado com a incongruência do meu amigo. Mas logo percebi que isso resultava de suas tentativas de vencer o nervosismo. Eu já estava preparado para isso, com base tanto na carta que recebera quanto em determinadas características físicas e emocionais que ele demonstrava na infância. Em um momento Roderick estava animado e, no instante seguinte, caía em silêncio. Sua voz mudava com frequência, ora trêmula e indecisa e, no momento seguinte, como a de um bêbado ou um drogado.

Usher falou sobre o propósito da minha visita, sobre seu grande desejo em me ver e o alívio que esperava sentir com a minha presença. Ele se estendeu um pouco ao falar sobre o que acreditava ser a natureza de sua enfermidade. Era, segundo ele, um mal de família, e ele já tinha perdido as esperanças em encontrar uma cura.

Estranhamente, ele acrescentou logo depois que se tratava apenas de um problema dos nervos e que sem dúvida passaria rápido. A enfermidade se manifestava na forma de várias sensações anormais. Algumas dessas sensações me interessaram e me espantaram, devido à maneira como ele as descreveu. Os seus sentidos estavam aguçados. Só podia comer alimentos simples e usar roupas que tivessem determinada textura. O aroma de todas as flores lhe era opressivo, a mais débil luz lhe torturava os olhos e só alguns poucos sons, especialmente os sons de instrumentos de corda, não o enchiam de horror.

Ele era escravo de uma espécie nada natural de terror.

— Eu vou morrer — ele disse —, eu *devo* morrer por causa deste medo. Não por qualquer outro motivo. Tenho horror do que o futuro reserva para mim. Não tenho medo do perigo, mas sinto que, mais cedo ou mais tarde, chegará a hora em que perderei tanto minha vida quanto minha sanidade mental nesta minha luta contra o terrível *medo*.

Aos poucos, por meio de indícios ocasionais, percebi outra característica especial de sua enfermidade mental. Ele estava obcecado com certas ideias supersticiosas sobre a casa, da qual não saía há muitos anos. No decorrer de um longo tempo, a mansão, com suas paredes e torres cinzentas, e o lago escuro, que refletia isso tudo, ganharam controle sobre o espírito do meu amigo.

Ele admitiu, hesitante, que grande parte de sua tristeza devia-se a uma origem mais natural: a grave e prolongada doença de sua amada irmã, que estava perto da morte. Lady Madeline tinha sido sua única companheira por muitos anos e era seu último e único parente em todo o planeta.

— A morte dela — ele disse, com uma amargura que jamais poderei esquecer — me tornará o último espécime da antiga raça dos Ushers.

Enquanto ele falava, Madeline passou lentamente em uma parte distante do aposento e desapareceu sem me notar. Eu a observei com uma mistura de espanto e pavor, mas não havia explicação para esses sentimentos. Meus olhos a seguiram como se eu estivesse em transe. Quando a porta por fim se fechou atrás dela, virei-me instintivamente para olhar Roderick. Ele cobrira o rosto com as mãos e reparei que uma palidez incomum se espalhara por seus dedos emagrecidos, pelos quais muitas lágrimas escorriam.

Os médicos passaram muito tempo intrigados com a enfermidade de lady Madeline. Seus sintomas incomuns incluíam apatia, um definhamento gradativo do corpo e períodos frequentes de sono profundo. Até o momento, ela tinha conseguido combater a doença e ficar acordada. No entanto, na noite da minha chegada, ela se entregou ao sono (como seu irmão me contou naquela noite, muito agitado). Eu soube que provavelmente jamais voltaria a vê-la viva.

Depois daquele episódio, ficamos vários dias sem mencionar o nome dela. Passei esse tempo ocupado, tentando melhorar a disposição do meu amigo. Pintávamos e líamos juntos, ou eu o ouvia, como se estivesse em um sonho, tocar seu violão. Mas, à medida que eu me

aproximava dele, ia percebendo a insignificância das minhas tentativas de animar uma mente imersa em trevas e escuridão.

Sempre me lembrarei das muitas horas solenes que passei assim, sozinho com o mestre da Casa de Usher. No entanto, eu não seria capaz de explicar as ocupações nas quais eu era envolvido. A música sombria que ele improvisava tocará para sempre nos meus ouvidos. Suas pinturas me empolgavam e me enchiam de admiração, cheias de imagens vívidas, mas eu só conseguia entender uma pequena parte dos significados. Se alguma vez existiu uma pessoa capaz de pintar uma ideia, essa pessoa foi Roderick Usher.

Posso descrever uma das obras fantasmagóricas que meu amigo produziu, menos abstrata do que as demais. A pequena pintura retratava o interior de um túnel comprido e retangular, com paredes lisas, baixas e brancas. A imagem transmitia a sensação de que o túnel ficava bem abaixo da superfície da terra. Não havia portas ou aberturas visíveis e nenhuma tocha ou qualquer outra fonte de luz artificial podia ser vista, mas uma profusão de raios intensos preenchia toda a cena, com um esplendor incongruente.

Já mencionei a sensibilidade auditiva que fazia com que toda música fosse insuportável para o enfermo, com a exceção de determinadas notas tocadas em instrumentos de corda. Por isso, ele era obrigado a se ater a rigorosas restrições ao tocar violão, o que talvez explicasse suas estranhas improvisações. Isso não explica, contudo, a paixão extravagante pelas improvisações verbais que ele costumava compor para acompanhar a música. Lembro-me bem das palavras de uma dessas canções. Ao ouvi-la, tive a impressão de que ele soube, pela primeira vez, que estava enlouquecendo.

Os versos, intitulados "O palácio assombrado", falavam de um palácio maravilhoso, repleto de joias, objetos refinados e espíritos que dançavam alegremente ao redor do rei ao som da música de um alaúde. Os habitantes do palácio cantavam com belas vozes, louvando a sabedoria de seu governante. Mas, certo dia, criaturas perversas entraram no palácio e mataram o rei. Aquilo tinha acontecido há muitos anos. Agora, os viajantes que passavam por lá e olhavam para dentro

do palácio pelas janelas viam fantasmas dançando ao som de uma melodia dissonante.

Lembro bem que as conversas sobre essa balada levaram Usher a formar uma conclusão. Menciono aqui a opinião dele não tanto por sua originalidade (já que outros tiveram a mesma ideia), mas devido à insistência com que ele a defendia. Essa ideia, em geral, dizia respeito à capacidade de coisas ou objetos inanimados terem sensações. Na mente dele, isso tinha ligação (como já dei a entender) com as pedras cinzentas da casa de seus ancestrais. Usher imaginava que as sensações sentidas pelas pedras se originavam do modo como elas tinham sido dispostas, uma em cima da outra, bem como dos fungos que se espalhavam sobre elas e das árvores decadentes que cercavam a casa. E, ele acrescentava, também se originavam do longo tempo em que a casa e seu reflexo nas águas calmas do lago ficaram imperturbados. A evidência dessas sensações podia ser notada, segundo ele, pelo modo como a água e as paredes tinham criado, aos poucos, uma atmosfera própria. E o resultado disso tudo se demonstrava, segundo ele, naquela terrível influência que passou séculos moldando o destino de sua família e que fez dele o homem que era. Tais opiniões dispensam quaisquer comentários e me calarei quanto a isso.

Os livros que lemos juntos, e que durante anos ocuparam a existência intelectual do enfermo, estavam em estrita consonância com as crenças de Usher, como era de se supor. Passamos horas estudando obras voltadas ao sobrenatural, ao demonismo e ao oculto, escritas por autores como Gresset, Maquiavel, Swedenborg, Holberg, D'Indaginé, De la Chambre, Tieck e Campanella. Um dos livros favoritos dele era sobre a Inquisição, *Directorium Inquisitorum*, escrito pelo monge Eymeric de Gironne. Também lemos passagens de Pompônio Mela, que tratava de antigos sátiros africanos e egipãs, criaturas meio homem e meio bode, com as quais Usher passava horas sonhando. Seu maior prazer, contudo, era a leitura compenetrada de um livro raríssimo e curioso sobre uma igreja esquecida, *Vigiliae Mortuorum Secundum Chorum Ecclesiae Maguntinae*, que continha canções para os mortos.

Não pude deixar de pensar na provável influência que esses livros exerciam sobre Usher quando, certa noite, depois de me contar

abruptamente que lady Madeline falecera, ele declarou sua intenção de preservar o cadáver da irmã durante quinze dias em uma das inúmeras criptas construídas na mansão, antes de enterrá-la. Não achei que tivesse a liberdade de questionar as razões que ele me apresentou para explicar esse procedimento incomum.

Roderick me contou que chegou a essa decisão refletindo sobre a natureza incomum da enfermidade da falecida e concluindo que os médicos poderiam interferir e fazer-lhe perguntas. Além disso, o cemitério da família ficava em uma localização remota e exposta. Não vou negar que, quando pensei na aparência sinistra do médico que vi no dia da minha chegada à casa, não tive qualquer desejo de me opor ao que considerava apenas uma precaução inofensiva e de maneira alguma anormal.

Atendendo ao pedido de Usher, ajudei-o a providenciar o sepultamento temporário. Colocamos o corpo em um caixão e o levamos, sozinhos, ao seu local de descanso. A cripta na qual colocamos o ataúde tinha passado tanto tempo fechada que nossas tochas quase foram sufocadas por sua atmosfera opressiva, de modo que não tivemos a chance de investigá-la. A cripta era pequena e úmida, e não admitia qualquer luz. Ficava em uma grande profundidade, bem abaixo do meu quarto. Parecia que tinha sido usada, em tempos remotos, como uma masmorra ou, possivelmente, como uma câmara de tortura. Depois desse uso, ela aparentemente foi utilizada para guardar pólvora ou outra substância extremamente combustível, já que parte do chão e todo o interior de uma longa passagem que dava acesso à cripta foram meticulosamente cobertos com cobre. A pesada porta de ferro também estava protegida da mesma forma.

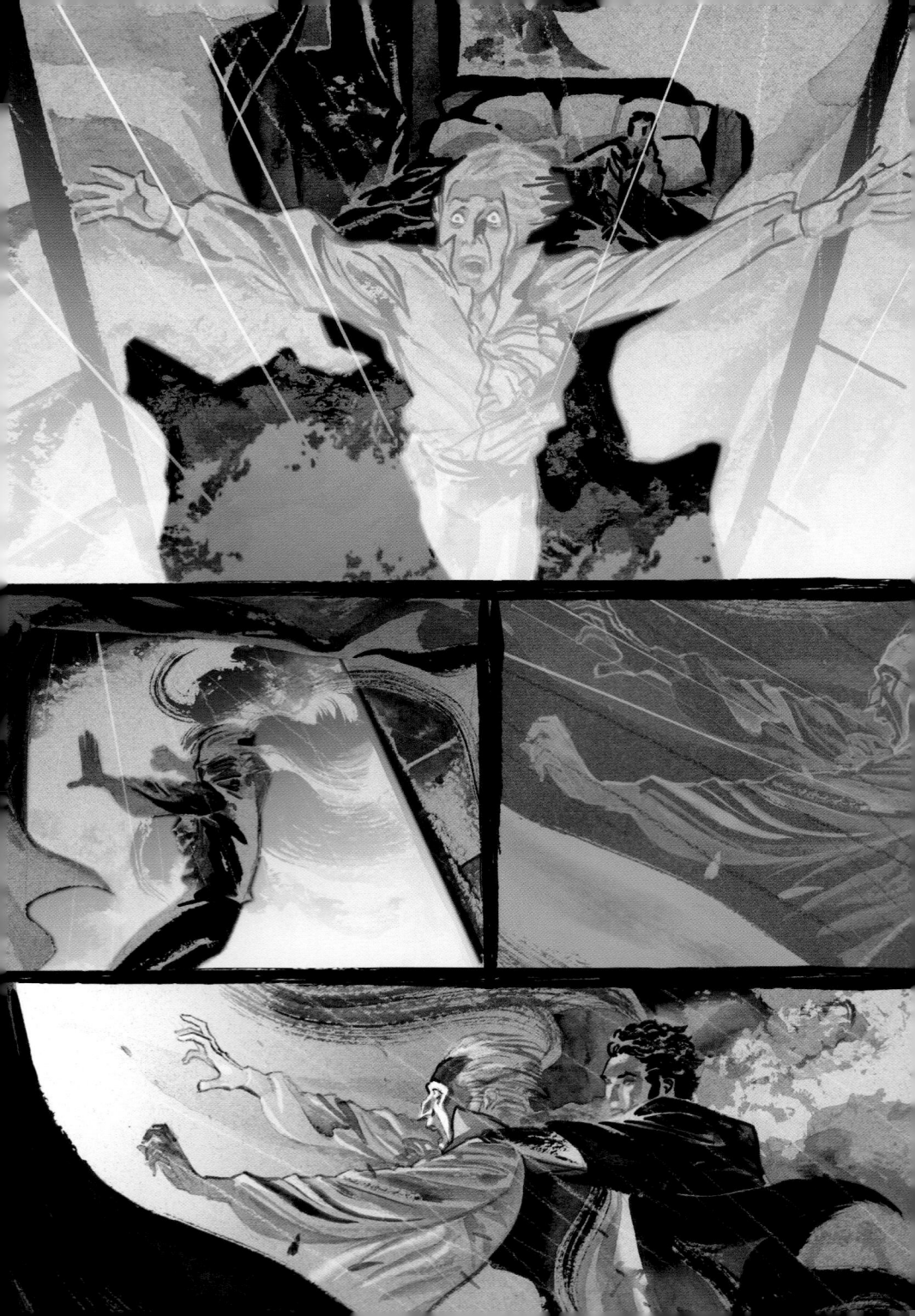

Colocamos o caixão de lady Madeline na cripta sobre cavaletes, abrimos a tampa e contemplamos o rosto de sua ocupante. Chamou-me a atenção a impressionante semelhança entre os irmãos, e Usher, talvez adivinhando meus pensamentos, murmurou algumas palavras que deram a entender que ele e Madeline eram gêmeos. Nosso olhar não ficou muito tempo sobre a irmã morta, porque não conseguíamos fitá-la sem sermos tomados por um incômodo. A enfermidade que a levou à morte prematura a deixara, como costuma acontecer com todos os males que têm sintomas semelhantes ao transe, com um leve rubor no pescoço e no rosto, e um sorriso persistente nos lábios. Fechamos e aparafusamos a tampa do caixão e, depois de trancar a porta de ferro, subimos para a parte superior da casa.

Passados alguns dias de amargo pesar, observei mudanças notáveis no transtorno mental do meu amigo. Seus modos habituais tinham desaparecido. As ocupações rotineiras foram negligenciadas ou esquecidas. Ele andava de um cômodo ao outro. A palidez de seu rosto assumira um tom mais doentio e o brilho de seus olhos se esvaiu por completo. Sua voz mudou, e ele passou a falar de modo trêmulo, como quem está aterrorizado. Houve momentos em que achei que sua mente agitada tentava guardar algum segredo opressivo e que ele estava reunindo coragem para revelá-lo.

Por vezes, pensei que ele podia estar sofrendo de alguma forma inexplicável de loucura, porque ele passava horas com o olhar fixo e vazio, como quem ouve um som imaginário. Não era de admirar que sua condição me apavorasse. Senti as influências selvagens de seus temores me invadindo aos poucos, porém decididamente.

Na sétima ou na oitava noite depois de termos deixado o corpo de lady Madeline na cripta, já estava em meus aposentos quando senti todo o poder daquele terror. Não consegui dormir e as horas se arrastaram. Busquei a razão para o nervosismo que se apoderara de mim. Tentei me convencer de que muito do que eu estava sentindo era por influência da mobília sombria do quarto e das tapeçarias escuras e surradas que, devido à tempestade que caía do lado de fora, balançavam de modo intermitente de um lado ao outro, roçando minha cama com ruídos inquietantes.

Mas não consegui me livrar do terror que sentia. Eu não parava de tremer e meu coração ficou profundamente alarmado. Tentando vencer o medo, ofegante e com dificuldade, sentei na cama e encostei nos travesseiros. Olhei fixamente para a intensa escuridão do quarto e ouvi alguns ruídos indistintos que surgiam entre as pausas da tempestade. Fui dominado por um sentimento intenso e insuportável de horror, sem conseguir explicá-lo. Vesti-me às pressas, porque percebi que não dormiria mais naquela noite, e tentei despertar da condição na qual mergulhara caminhando rapidamente pelo quarto.

Depois de dar algumas voltas pelo quarto, o som de passadas leves em uma escadaria ao lado chamou a minha atenção. Reconheci os

passos de Usher. Na sequência, ele bateu suavemente à minha porta e entrou, com uma lamparina na mão. Seu rosto estava, como de costume, tão pálido quanto o de um cadáver, e seus olhos revelavam uma hilaridade insana. Era uma espécie de histeria controlada. Incomodou-me a expressão dele, mas qualquer coisa era preferível à solidão que eu estava sentindo. Cheguei a ficar aliviado com sua presença.

— Você não viu? — ele perguntou abruptamente, depois de passar alguns momentos olhando ao redor, em silêncio. — Você não viu? Mas, espere! Você verá.

Depois de cobrir com cuidado a lamparina, ele se apressou na direção de uma das janelas e a abriu, deixando a tempestade entrar.

Quase fomos varridos pela força súbita da rajada de vento que entrou pela janela escancarada. Era uma noite de tempestade, bela e terrível ao mesmo tempo. Parecia que um redemoinho tinha se formado nas redondezas, pois a direção do vento mudava com frequência, violentamente. As nuvens densas pairavam tão baixo no céu que pressionavam as torres da casa, mas não nos impediam de ver a velocidade com a qual elas se chocavam umas nas outras. Elas cobriam a lua e as estrelas, e nenhum relâmpago podia ser visto. No entanto, o céu brilhava com a luz incomum vinda de uma nuvem de gás que pairava sobre nós e cobria a mansão.

— Você não deve... você não pode ver isso! — eu disse a Usher, enquanto o conduzia a uma poltrona com uma violência gentil, afastando-o da janela. — Essas visões que o confundem não passam de fenômenos elétricos normais, ou talvez se originaram na névoa do lago. Vamos fechar esta janela. O ar está gelado e pode ser perigoso para a sua saúde. Aqui está um dos seus romances favoritos. Vou ler para você, e assim passaremos esta noite terrível juntos.

O livro antigo que eu pegara para ler era *The Mad Trist*, de sir Lancelot Canning. O descrevi como um dos livros preferidos de Usher mais como uma piada triste do que como um comentário sério. Na verdade, é um livro extremamente longo e maçante, que poderia não interessar muito ao meu amigo. No entanto, foi o único livro que encontrei, e esperava que a agitação de Usher se amenizasse com a leitura. A julgar pela intensidade com que ele ouvia as palavras da história, ou parecia ouvir, pude me parabenizar pelo sucesso da minha ideia.

Eu tinha chegado à famosa parte da história na qual Ethelred, o herói da narrativa, depois de tentar em vão entrar pacificamente na casa do ermitão, decide invadir à força. As palavras da narrativa eram as seguintes:

E Ethelred, que era, por natureza, um homem corajoso e que agora sentia um enorme poder graças ao vinho que bebera, não esperou mais para falar com o obstinado e rancoroso ermitão. Sentindo a chuva cair sobre seus ombros e temendo a tempestade que se aproximava, ele levantou a clava e, aos

golpes, arrombou a porta, de modo que o alarmante ruído seco e oco da ma-
deira se partindo reverberou por toda a floresta.

Ao terminar essa frase, assustei-me e parei por um momento.
Pareceu-me – embora eu tenha imediatamente decidido que tinha me
deixado iludir pela minha imaginação agitada – que tinha ouvido cla-
ramente, vindo de algum recôndito remoto da casa, algo que poderia
ter sido o eco (mas sem dúvida um eco baixo e abafado) do mesmo
ruído de golpes na madeira que sir Lancelot descrevera com tanta
precisão. Foi, sem dúvida, uma coincidência que me chamou a atenção, porque, em meio ao ruído das janelas batendo e da tempestade
que se intensificava, o som em si não deveria ter me incomodado.
Prossegui com a história:

Mas o bom herói Ethelred, que agora entrava pela porta, se surpreen-
deu e se enfureceu quando não viu qualquer sinal do ermitão. Em vez
disso, viu um enorme dragão escamoso, com a língua de fogo, que guar-
dava o palácio de ouro com piso de prata. Um escudo de bronze reluzia
pendurado na parede e nele se liam as seguintes palavras:

Aquele que aqui entrar
é um conquistador.

Aquele que
matar o dragão
conquistará
o escudo.

Ethelred levantou a clava e golpeou a cabeça do dragão, que caiu diante dele e morreu com um grito tão horrível, cruel e penetrante, que o herói teve de tapar os ouvidos para protegê-los do ruído terrível, um ruído diferente de tudo o que ele tinha ouvido antes.

Mais uma vez, parei abruptamente. Não restava qualquer dúvida de que, naquele momento, eu de fato ouvira — embora fosse impossível saber de onde viera — um grito baixo e aparentemente distante, porém hostil, prolongado e absolutamente extraordinário, um grito rouco, exatamente como eu imaginara o guincho incomum do dragão.

Apesar de estar surpreso com essa segunda extraordinária coincidência, e apesar da minha confusão em relação aos meus sentimentos de admiração e extremo terror, consegui me controlar para não alarmar meu companheiro, me abstendo de fazer qualquer observação. Eu não tinha como saber ao certo se ele tinha ouvido os ruídos, embora, nos últimos minutos, uma estranha mudança tivesse se revelado em sua expressão.

Ele movera sua poltrona aos poucos, de modo que estava sentado de frente para a porta do quarto. Eu só podia ver parte de seu rosto, mas notei que seus lábios tremiam como se murmurassem algo inaudível. Sua cabeça pendia no peito, mas, ao ver, de perfil, seus olhos bastante abertos, soube que ele não estava dormindo. O movimento de seu corpo também contradizia essa ideia, já que ele se mexia de um lado ao outro, em um movimento suave, porém constante.

Tendo notado rapidamente tudo isso, retomei a narrativa de sir Lancelot, que prosseguiu assim:

E agora, o herói, tendo escapado da terrível fúria do dragão, pensando no escudo e em quebrar seu encanto, tirou o corpo do dragão do caminho e percorreu o chão de prata até chegar ao escudo na parede. O escudo não esperou por Ethelred e caiu no chão a seus pés, com um intenso e terrível som ressonante.

Mal essas sílabas passaram pelos meus lábios e ouvi à distância um som clamoroso, metálico e vazio, um eco abafado. Era como se, naquele momento, um escudo de bronze de fato tivesse caído pesadamente em um piso de prata.

Absolutamente agitado, levantei-me sem demora, mas o balançar de Usher continuou, imperturbado. Corri para a poltrona na qual ele estava sentado. Seus olhos estavam fixos e seu rosto, rígido. Assim que coloquei a mão em seu ombro, todo o seu corpo estremeceu. Um sorriso doentio estremeceu em seus lábios e vi que ele falava um murmúrio baixo e apressado, como se não notasse a minha presença. Curvei-me sobre ele para me aproximar e entendi o terrível significado de suas palavras.

— Não está ouvindo? Sim, estou ouvindo, e ouvi sempre. Por muitos minutos, muitas horas, muitos dias, eu ouvi. Mas não me atrevi. Ah, tenha piedade de mim, sou um miserável! Eu não me atrevi. Não me atrevi a falar! Nós a sepultamos na cripta enquanto ela ainda vivia! Eu não disse que os meus sentidos estavam aguçados? Agora, eu lhe digo que ouvi os primeiros débeis movimentos dela no caixão. Eu comecei a ouvi-los muitos, muitos dias atrás, mas não me atrevi a falar! E hoje à noite... a história de Ethelred! A porta do ermitão se quebrando, o grito de morte do dragão e o clamor do escudo caindo ao chão! O que ouvimos foi o caixão dela se abrindo, o rangido das dobradiças de ferro de sua prisão e ela se debatendo na cripta! Para onde posso fugir? Ela não estará aqui em breve? Ela não está vindo correndo para me punir por eu ter me precipitado? Ouvi os passos dela na escada. Posso ouvir o bater pesado e horrível de seu coração. Sou um homem louco!

Ele se levantou e gritou com todas as forças, como se, com isso, abdicasse da própria alma:

— Um louco! Digo-lhe que ela está agora mesmo parada do outro lado da porta!

Como se suas palavras tivessem o poder de um feitiço, naquele momento a enorme porta para a qual ele apontou foi escancarada pela força do vento. E lá, do outro lado da porta, coberta com uma mortalha, se via a silhueta alta de lady Madeline de Usher. Suas vestes brancas estavam manchadas de sangue, e todas as partes de seu corpo emagrecido revelavam sinais de luta. Ela ficou parada por um momento, trêmula, oscilando lentamente de um lado ao outro. Então, com um gemido baixo e atormentado, caiu pesadamente sobre o irmão. No instante final de sua morte violenta, ela o levou consigo para o chão, também morto. Roderick caiu vítima dos terrores que havia previsto.

Aterrorizado, fugi correndo daquele quarto e daquela casa. A tempestade ainda se abatia com toda a fúria quando cruzei a velha ponte. De repente, uma luz fantástica iluminou o caminho e me virei para ver de onde ela vinha, já que só a casa e suas sombras estavam atrás de mim. A luz da lua cheia, sanguinolenta, agora brilhava intensamente pela fenda, antes quase invisível, que se estendia do telhado à base da mansão. A fissura se abriu rapidamente diante dos

meus olhos. Em choque, vi as grandes paredes desmoronarem. Ouvi um prolongado e trovejante grito, como a voz de mil águas, e o lago negro e profundo se fechou em silêncio sobre os destroços da Casa de Usher.

O retrato oval

Sobre o conto

O retrato oval foi originalmente publicado em 1842, sob o título "Vida em morte". Poe editou e reduziu o conto, republicado com o título atual três anos depois. É uma das histórias mais curtas de Poe, mas inclui temas recorrentes em muitas de suas obras, como a morte e a monomania (um tipo de paranoia na qual a vítima fica obcecada por uma única ideia ou emoção). Elementos dessa história inspiraram o romance "O retrato de Dorian Gray", de Oscar Wilde.

"O retrato oval" é uma história dentro de outra. Ela começa com o narrador, ferido, refugiando-se em uma mansão abandonada nas montanhas, para passar a noite. Ele se sente atraído pelas pinturas do quarto que escolheu para dormir e encontra um livro que as descreve. Uma obra em particular lhe chama a atenção e, quando lê sua descrição, as razões de seu interesse se revelam. A história se concentra nas relações entre a arte e a vida, que aqui se mostram rivais. Uma obsessão extrema pela arte pode levar à morte, à medida que ela suga as forças vitais de seu autor no decorrer do processo criativo.

A obsessão extrema (monomania) é um tema recorrente em muitos contos de Poe. Em "A queda da Casa de Usher", Roderick Usher é arruinado pelo próprio medo. Em "A máscara da Morte Vermelha", a obsessão do príncipe Prospero por uma doença, a Morte Vermelha, acaba levando-o à morte.

O retrato oval

Depois que me acidentei, meu criado Pedro invadiu uma mansão desocupada para eu ter um lugar onde me abrigar e não passar a noite ao relento. Estávamos nos Montes Apeninos, e a mansão que encontramos era ao mesmo tempo grandiosa e sombria. Parecia ter sido abandonada recentemente. Nós nos acomodamos em um dos quartos menores, que não era suntuosamente mobiliado como os outros e que ficava em uma torre remota da construção. Sua decoração era rica, porém surrada e velha. Tapeçarias e armas cobriam as paredes, assim como um grande número de vívidas pinturas modernas em belíssimas molduras douradas. Havia quadros pendurados nas principais paredes da casa, mas também em seus muitos recantos. Eu estava um pouco delirante por causa da febre e talvez por isso as pinturas chamaram a minha atenção.

Como já era noite, pedi que Pedro fechasse as pesadas persianas do quarto, acendesse as velas e abrisse as cortinas de veludo negro do dossel da cama. Eu queria que tudo estivesse preparado para que, se eu não conseguisse dormir, pelo menos pudesse olhar as pinturas e ler o pequeno livro que encontrara sobre o travesseiro, o qual descrevia as obras em detalhes.

Passei um bom tempo lendo e olhando as pinturas. As horas voaram e deu meia-noite. A posição do candelabro estava ruim e, para não incomodar meu criado, que dormia, estendi a mão com dificuldade e movi o candelabro para que a luz das velas incidisse melhor sobre o livro que eu estava lendo.

Essa ação produziu um efeito inesperado. A luz das numerosas velas se voltou a um canto da sala, que até então estava na sombra. Vi, sob a luz vívida, uma imagem que não tinha notado antes. Era o retrato de uma jovem garota, quase mulher feita. Olhei a pintura de relance e fechei os olhos. Eu não sabia ao certo por que fizera isso. Foi um movimento impulsivo e eu não queria ser iludido pela visão. Poucos momentos depois, voltei a olhar o retrato fixamente.

Fiquei bem desperto e certo do que vira. O retrato, como já disse, era de uma garota. Uma pintura de seu rosto e ombros, feita em um estilo tecnicamente chamado de "vinheta". Os braços, o peito e até as pontas de seus radiantes cabelos se fundiam com a sombra profunda que compunha o fundo da imagem. A moldura era oval, dourada e muito ornamentada. Como uma verdadeira obra de arte, nada poderia ser mais admirável que a pintura em si; mas não fora a habilidade do pintor nem a beleza imortal daquele rosto que causaram tamanha impressão em mim. Eu também não confundira a garota com alguma conhecida minha. Permaneci talvez por uma hora refletindo seriamente sobre essas questões, meio sentado, meio reclinado, com os olhos presos ao retrato. Quando finalmente descobri o verdadeiro motivo do efeito da pintura sobre mim, desabei de costas na cama.

Eu tinha achado que o feitiço do quadro devia-se à expressão do rosto da garota, tão realista e vívida. No começo, a visão do retrato me foi chocante, depois fiquei confuso e, por fim, horrorizado. Tomado de uma profunda e reverente admiração, retornei o candelabro à sua posição anterior. Com a causa da minha agitação fora de vista, procurei o livro que descrevia as pinturas e discorria sobre suas histórias. Consultando a descrição que identificava o retrato oval, li o texto a seguir:

Ela era uma jovem de grande beleza, cheia de alegria. Foi terrível quando ela conheceu, amou e se casou com o pintor. Ele era um homem arrebatado, estudioso e austero, e já estava casado com a pintura.

A jovem era linda e alegre, toda luz e sorrisos. Ela amava todas as coisas e só odiava a arte da pintura, sua rival. As únicas coisas que ela temia eram a paleta, os pincéis e as outras ferramentas que lhe roubavam seu amado. Por essa razão, foi horrível para a moça ouvir do pintor que ele queria pintá-la.

Mas ela foi obediente a ele, e passou muitas semanas posando docilmente no aposento escuro de uma torre alta, onde a luz descia do teto e incidia sobre a tela pálida da pintura. O pintor amava seu trabalho, que continuava de hora em hora, de dia em dia. Ele era um homem extravagante e melancólico, tão perdido em seus sonhos que não percebeu como aquilo estava afetando a saúde e os nervos de sua esposa. Era o único que não via que ela estava definhando.

No entanto, ela sorria sempre, sem reclamar, porque sabia que o pintor (que era muito famoso) tinha prazer em sua arte. Ele trabalhou dia e noite para pintar a jovem que tanto o amava. No entanto, ela foi ficando mais fraca e abatida a cada dia que passava. Algumas pessoas que viram o retrato comentaram sobre sua beleza e sobre como aquilo provava o profundo amor do rapaz pela jovem. Quando terminou sua obra, o pintor não anunciou a conclusão para ninguém. Ele estava completamente tomado pela paixão por seu trabalho e raramente desviava o olhar da tela, nem mesmo para olhar sua esposa. Ele não via que os matizes espalhados na tela eram tirados da face da mulher que posava na sua frente. Muitas semanas de trabalho se passaram, até que só faltavam uma pincelada na boca e uma tonalidade no olho. A pincelada foi feita e a tonalidade foi aplicada.

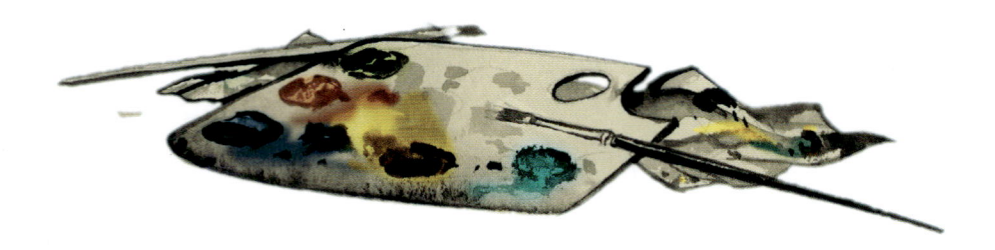

   O pintor ficou um momento extasiado diante de sua obra, mas, no instante seguinte, enquanto ainda olhava fixamente para a pintura, começou a tremer de terror e ficou muito pálido. Clamou em voz alta: "Esta é, de fato, a própria vida!" De repente, ele voltou a atenção para sua amada: ela estava morta!

A máscara da Morte Vermelha

Sobre o conto

A máscara da Morte Vermelha é um conto alegórico sobre a inevitabilidade da morte, publicado pela primeira vez em 1842. A história possui muitos elementos da ficção gótica, como castelos, a sociedade feudal, o medo físico e psicológico e a morte.

O tempo e o espaço do conto são indefinidos. Uma doença terrível, a Morte Vermelha, se espalha rapidamente por toda parte, matando todos que encontra. Príncipe Prospero, acompanhado de mil amigos nobres, foge para uma abadia isolada, onde pretende levar uma vida feliz e segura. Depois de vários meses, ele organiza um baile à fantasia em um conjunto de salões decorados com cores diferentes. O último salão tem decoração preta e um relógio preto que toca de hora em hora. Ao bater meia-noite, chega uma figura que não fora convidada para o baile, fantasiada de Morte Vermelha.

A história é um excelente exemplo dos contos góticos de horror de Poe. O autor cria uma atmosfera sombria e inquietante e a ação se concentra em imagens de sangue e morte, enquanto a personificação da Morte Vermelha adiciona um elemento sobrenatural. "A máscara da Morte Vermelha" também reflete o que Poe considerava um conto ideal. Segundo o autor, uma narrativa deve ser tão bem escrita que cada palavra, do início ao fim do texto, contribui para o efeito geral. Nessa história, fortes imagens simbólicas e uma voz narrativa irrepreensível se combinam à perfeição para compor um conto de horror macabro, que revela profundo conhecimento da condição humana.

A máscara da Morte Vermelha

Durante muito tempo o país foi devastado pela Morte Vermelha. Jamais uma peste fora tão fatal ou terrível. A doença começava e terminava em sangue – na vermelhidão e no horror do sangue. As vítimas sofriam de dores agudas, tontura súbita, intenso sangramento pelos poros da pele e, em seguida, morriam. Marcas vermelhas pelo corpo, especialmente no rosto, eram sinais certos da doença. O ataque completo da Morte Vermelha, incluindo seu progresso e término, durava cerca de meia hora.

Mas o príncipe Prospero era feliz, destemido e sábio. Quando viu que seus territórios estavam ficando inabitados, ele convocou mil amigos saudáveis e alegres, dentre cavalheiros e damas de sua corte, e se retirou ao isolamento de uma de suas abadias fortificadas. Era um lugar amplo e magnífico; uma criação de gosto excêntrico, porém grandiosa como o próprio príncipe.

Uma muralha forte e alta, com portões de ferro, circundava a abadia. Os criados do príncipe, usando fornos e martelos, instalaram ferrolhos nas portas. A intenção era impedir qualquer meio de as pessoas entrarem ou saírem em caso de sinais súbitos de desespero ou pânico. A abadia tinha sido generosamente abastecida com suprimentos. Com essas precauções, os cortesãos se defendiam de uma possível infecção. O mundo externo poderia cuidar de si mesmo; era bobagem se angustiar ou pensar a respeito. E o príncipe tinha providenciado inúmeras atrações e prazeres: havia bobos da corte, artistas, dançarinos, músicos, beleza e vinho. Tudo isso, além da segurança, era encontrado do lado de dentro da fortaleza. Do lado de fora, ficava a Morte Vermelha.

Mais ou menos no fim do quinto ou do sexto mês de isolamento, enquanto lá fora a pestilência atingia o auge da fúria, o príncipe Prospero deu um esplêndido baile de máscaras para entreter seus mil amigos.

Aquela festa foi um evento impressionante. Mas, primeiro, deixe--me descrever os aposentos que o acolheram. Em geral, nos palácios, os salões de baile dispõe de um longo corredor com portas deslizantes altas que correm de parede a parede, de modo que todos os cômodos possam ser observados. Na abadia era muito diferente, como seria de se esperar, dado o apreço do príncipe por coisas bizarras.

Eram sete cômodos, construídos de forma tão irregular que só era possível ver um de cada vez. Havia curvas acentuadas a cada vinte ou trinta metros e, depois de todas elas, um novo efeito se revelava. No meio de cada parede, à direita e à esquerda, uma janela gótica alta e estreita dava para um corredor fechado, que acompanhava as voltas e reviravoltas do conjunto de salões. A cor dos vitrais das janelas combinava com a decoração de cada aposento. O salão da extremidade leste, por exemplo, era decorado em tons de azul e os vitrais de suas janelas eram de um azul intenso.

O segundo salão era decorado com tapeçarias e ornamentos roxos, e os vitrais das janelas também eram roxos. O terceiro era verde, bem como suas janelas. O quarto aposento era decorado e iluminado em laranja, o quinto era branco e o sexto, violeta. O sétimo salão era coberto de tapeçarias de veludo negro, que pendiam por todo o teto e desciam pelas paredes, caindo em pesadas pregas sobre um tapete do mesmo material e da mesma cor. No entanto, nesse aposento, a cor das janelas diferia da cor da decoração: os vitrais eram escarlates, um tom sanguíneo profundo.

Não havia lamparinas, candelabros nem qualquer tipo de luz nos sete salões. No entanto, nos corredores que seguiam paralelos a eles, pesados tripés, sustentando braseiros incandescentes, foram dispostos atrás de cada janela. Os raios de luz dos braseiros iluminavam intensamente o ambiente através do vitral, produzindo uma infinidade de efeitos coloridos e fantásticos. Mas no salão oeste, o negro, o efeito da luz do fogo, que brilhava através das vidraças cor de sangue e caía nas tapeçarias negras, era medonho ao extremo. A iluminação criava um olhar tão selvagem no rosto dos convidados que raros eram aqueles que tinham coragem de botar os pés no recinto.

Na parede leste do aposento também havia um relógio gigantesco, feito de ébano. Seu pêndulo oscilava de um lado ao outro com um ruído abafado, pesado e monótono. Quando o ponteiro dos minutos dava a volta inteira pelo mostrador e completava uma hora, um som claro, alto, profundo e extremamente musical brotava do relógio. Era um ruído tão estranho que, ao final de cada hora, os músicos da orquestra eram compelidos a parar de tocar por um tempo para ouvi-lo. Os dançarinos tinham de cessar suas evoluções e o prazer de todos os convidados era interrompido.

Quando as badaladas do relógio ressoavam pelo ar, os mais agitados empalideciam e os mais velhos e calmos ficavam confusos ou pensativos. No entanto, assim que as badaladas paravam de ecoar, o riso imediatamente voltava a se espalhar pelo grupo de convidados. Os músicos se entreolhavam e sorriam, como se rissem do próprio nervosismo e da própria tolice. E sussurravam entre si que, da próxima vez que o relógio soasse, não se deixariam afetar da mesma maneira. Então, passados sessenta minutos (apenas três mil e seiscentos segundos depois), o relógio voltava a badalar, provocando em todos os mesmos sentimentos de desconcerto, agitação e reflexão de antes.

Apesar disso, a festa estava alegre e magnífica. As preferências do príncipe eram estranhas. Ele tinha um olhar aguçado para cores e efeitos. Seus planos eram ousados e suas ideias eram extravagantes. Talvez algumas pessoas achassem que ele tinha enlouquecido. Mas seus seguidores não pensavam assim. Para o baile, ele mesmo organizou a decoração dos sete salões e também sugeriu como os convidados deveriam se vestir. A aparência de todos era grotesca.

Havia muito brilho e esplendor, energia e fantasia. Figuras estranhamente vestidas em trajes bizarros, que pareciam obra de um louco. Tudo era belo, selvagem, bizarro e terrível, mas também poderia despertar repulsa.

Uma multidão de tipos fantásticos dançava pelos sete salões ao som da música selvagem da orquestra, tingidos pela luz que passava através das janelas, quando o relógio de ébano tocou no salão de veludo negro. Por um momento, todos ficaram parados e o silêncio reinou, exceto pelo som do relógio. Os dançarinos pareceram congelar. Assim que os ecos dos badalos se dissiparam, houve risos. E, quando a música retornou, as figuras oníricas recomeçaram a dançar de um lado ao outro, mais alegres do que nunca. Nenhum dos dançarinos, contudo, entrou no sétimo aposento. A noite estava acabando e a luz vermelha fluía através dos vitrais cor de sangue do salão negro e o ambiente das tapeçarias escuras se tornou ainda mais aterrorizante. Os que estavam pisando nos tapetes negros ouviram, vindo do relógio de ébano, um toque ainda mais solene do que o som ouvido pelos convidados que se divertiam nos outros salões.

Os outros aposentos estavam apinhados de gente e, neles, o coração da vida batia febril.

A festa continuou até que o relógio anunciou a meia-noite e a música, os dançarinos e todos os presentes se aquietaram como antes. Mas agora o relógio havia dado doze badaladas, dando aos convidados mais tempo para refletir. Antes de os últimos ecos do último toque do relógio se dissiparem, muitas pessoas na multidão notaram a presença de uma figura mascarada, que ninguém tinha visto antes. Rumores sobre esse novo convidado se espalharam em sussurros, e um murmúrio de desaprovação se alastrou pela festa toda. Em seguida, a desaprovação se transformou em terror, horror e repulsa.

Em uma reunião de pessoas como as que foram descritas, uma figura de aparência ordinária não teria causado tamanha comoção. Naquela noite, tudo era permitido, mas o novo convidado tinha superado os limites do próprio príncipe. Até os mais malcomportados têm cordas no coração que não podem ser tocadas sem provocarem alguma

emoção. Há coisas sobre as quais é impossível fazer piadas. O grupo todo parecia sentir que a fantasia e o comportamento daquele estranho não tinham nada de engraçado ou de bom gosto. A figura era alta e magra, e estava envolta da cabeça aos pés em vestes mortuárias. A máscara que lhe ocultava as feições lembrava tanto a face de um cadáver rígido que seria difícil apontar a diferença entre ela e um rosto de verdade. Apesar de os convivas desaprovarem a fantasia, eles poderiam tê-la tolerado se a figura não tivesse chegado ao extremo de assumir a aparência da Morte Vermelha. Suas roupas estavam cobertas de sangue, e sua testa ampla e todos os traços de seu rosto estavam salpicados de um horror escarlate.

Quando o príncipe Prospero viu a figura espectral caminhando entre os dançarinos com movimentos lentos e solenes, estremeceu de terror e repugnância e, depois, seu rosto enrubesceu de raiva.

— Quem se atreve? — ele clamou em voz rouca aos criados que estavam por perto. — Quem se atreve a nos insultar com essa zombaria amaldiçoada? Detenham-no e lhe tirem a máscara, para podermos saber quem será enforcado na torre ao amanhecer!

O príncipe Prospero estava no salão leste, ou azul, quando proferiu essas palavras. Sua voz ressoou por todos os setes salões em alto e bom som, pois ele era um homem robusto e ousado e a música tinha sido silenciada com um gesto de sua mão.

O príncipe estava parado na sala azul, de pé, com um grupo de criados de semblante pálido ao seu lado. No primeiro momento, quando ele começou a falar, o grupo fez um movimento na direção do intruso, que estava por perto e que, com um andar deliberado, aproximava-se do príncipe. No entanto, todos ficaram tão chocados com a figura que ninguém tentou impedi-la, e ela chegou perto do príncipe sem ser detida. As pessoas, em um movimento orquestrado, se afastaram do centro da sala e encostaram-se nas paredes. Com o mesmo passo solene e cadenciado que o distinguira desde o início, o convidado cruzou sem interrupção o salão azul até o salão roxo, passou do roxo até o verde, do salão verde até o laranja, do salão laranja até o branco e prosseguiu ao salão violeta.

Foi então que o príncipe Prospero, enlouquecido pela raiva e pela vergonha da própria covardia momentânea, percorreu os seis salões correndo. Ninguém o seguiu, devido ao terror que todos sentiam. O príncipe levava um punhal na mão e aproximou-se rapidamente a cerca de um metro da figura, que, tendo chegado ao salão de veludo negro, virou-se de repente e encarou seu perseguidor. Ouviu-se pela abadia um grito agudo, e o punhal do anfitrião caiu sobre o tapete preto no qual, imediatamente depois, o príncipe Prospero tombou morto.

Reunindo a coragem selvagem dos momentos de desespero, um grupo de convivas correu até o salão preto e tentou impedir a figura

cuja silhueta alta permanecia imóvel à sombra do relógio de ébano. Eles ofegaram horrorizados quando descobriram que a mortalha e a máscara de cadáver não continham qualquer forma corpórea. A presença da Morte Vermelha foi reconhecida. Ela tinha entrado discretamente, como um ladrão na calada da noite. E um a um os festivos foliões tombaram e morreram, deixando os salões manchados de sangue. E a vida do relógio de ébano terminou junto com a vida do último folião. E as chamas dos braseiros se apagaram, e as trevas, a decadência e a Morte Vermelha estenderam seu domínio sobre tudo.

Caderno de atividades

A queda da Casa de Usher

1 Assinale com um V, se a afirmação for verdadeira; com um F, se falsa.

a) O narrador estava muito feliz em visitar Roderick Usher. (   )
b) O narrador era parente de Usher. (   )
c) Usher tinha dois filhos. (   )
d) Usher tinha a saúde perfeita. (   )
e) O narrador não falou com lady Madeline nenhuma vez. (   )
f) O narrador acreditava poder ajudar Usher. (   )
g) O médico confirmou a morte de lady Madeline. (   )
h) Usher temia que sua irmã morresse em breve. (   )
i) O narrador ficou apavorado com o comportamento de Usher durante a tempestade. (   )
j) Usher percebeu que enterrou sua irmã viva. (   )
k) Usher queria matar sua irmã para herdar a casa. (   )
l) A volta de lady Madeline provocou a morte de Usher. (   )

2 Seguem três resumos do conto. Qual deles lhe parece o mais correto? Assinale com um X.

a) (   ) Um homem vai visitar seu amigo Roderick Usher, que vive só com um criado em uma velha mansão. Roderick é doente e perturbado. Ele é assombrado pelo fantasma de Madeline, sua irmã morta. Uma noite, durante uma forte tempestade, Roderick fica completamente louco, declarando que Madeline foi enterrada viva e que agora ela virá se vingar. Então, ele morre fulminado por um ataque cardíaco.

b) ( ) Um homem recebe uma carta de um velho amigo, Roderick Usher, convidando-o a visitá-lo em sua casa e lhe fazer companhia. O homem mal reconhece Roderick, que não está bem física e mentalmente. A irmã de Roderick, Madeline, morre e Roderick a sepulta na cripta da casa. Uma semana depois ocorre uma forte tempestade. Madeline volta à vida e escapa de seu caixão, vindo atrás do irmão para matá-lo.

c) ( ) Um homem visita seu velho amigo Roderick Usher. Roderick e sua irmã Madeline estão doentes. O homem faz companhia a Roderick e tenta animá-lo, mas nesse meio tempo Madeline morre. Ele ajuda Roderick a enterrar o corpo. Durante uma tempestade, Madeline aparece na casa depois de escapar de seu caixão. Na verdade, Roderick a havia enterrado viva. Madeline cai morta sobre o corpo do irmão, que também morre instantâneamente.

3   Agora responda:

a) Quais os erros nos resumos que você não assinalou no exercício anterior?

_____
_____
_____
_____
_____
_____

b) O resumo que você assinalou como correto pode ser considerado completo? Por quê?

_____
_____
_____
_____
_____

4   Preencha as lacunas na seguinte descrição do personagem:

grandes	exageradas	alta
finos	narinas	cadáver
pálidos	delicado	bem formado
normal	comprido	sedoso
branca	selvagem	luminosos

Segundo o narrador, Roderick Usher havia mudado muito nos últimos anos. Sua pele estava _____ como a de um _____. Seus olhos eram _____ e _____, e sua testa era _____. Seus lábios eram _____ e muito _____, e tinha um queixo _____. O nariz era _____, mas as _____ eram amplas. No entanto, agora, suas feições eram _____, e seu cabelo, antes _____, estava _____ e _____. A julgar pela sua aparência, ele não podia ser considerado uma pessoa _____.

5   Ponha os seguintes eventos da história na ordem correta:

a) ( ) Chegando à Casa de Usher, o narrador constata que seu amigo Roderick Usher estava doente e perturbado.

b) ( ) Ocorre uma grande tempestade e o narrador não consegue dormir.

c) ( ) Usher e o narrador sepultam lady Madeline numa cripta subterrânea.

d) ( ) Enquanto o narrador conversa com Usher, Madeline passa lentamente numa parte distante do aposento.

e) ( ) O narrador fica sabendo que Madeline tem uma doença estranha.

f) ( ) Usher e o narrador passam o tempo lendo e pintando.

g) ( ) O narrador foge e a Casa de Usher desmorona.

h) ( ) Usher e o narrador ouvem gritos.

i) (   ) O narrador tenta acalmar Usher lendo para ele.

j) (   ) Usher conta ao narrador que lady Madeline morreu.

O retrato oval

1 Assinale com um V, se a afirmação for verdadeira, ou com um F, se falsa:

a) (   ) O narrador se chama Pedro.

b) (   ) O narrador sofreu um acidente.

c) (   ) O narrador e seu criado não têm permissão do dono para entrar na casa.

d) (   ) Ninguém vivia naquela casa há muito tempo.

e) (   ) O quarto onde os dois se instalaram era simples e mal decorado.

f) (   ) O narrador ficou impressionado com as pinturas.

2 Escolha os verbos abaixo para completar as sentenças, fazendo as devidas adaptações das formas verbais:

> ler   abrir   iludir   extasiar
> olhar   abandonar   temer

a) A casa parecia ter sido _____ recentemente.

b) A única coisa que ela _____ eram os instrumentos que roubavam dela seu amado.

c) Eu queria ter certeza de que meus olhos não me _____.

d) Pedi a Pedro que _____ as cortinas de veludo negro do dossel da cama.

e) Passei um bom tempo _____ e _____ as pinturas.

f) Por um momento o pintor ficou _____ diante de sua obra.

3 Restabeleça a ordem em que os eventos são narrados, numerando-os de 1 a 10:

a) (   ) O narrador e seu criado se acomodam em uma casa abandonada.
b) (   ) Ele vê a descrição do retrato oval no livro e resolve lê-la.
c) (   ) A jovem passou muitas semanas posando no aposento escuro de uma torre alta.
d) (   ) Ao acabar o retrato, o pintor percebeu que sua esposa estava morta.
e) (   ) Num certo momento, o narrador vê um retrato oval que o impressiona muito.
f) (   ) Uma bela jovem se casa com um pintor que é obcecado pela sua arte.
g) (   ) Enquanto o pintor trabalhava no retrato, dia após dia ela ficava fraca e abatida.
h) (   ) As pinturas na parede fascinaram o narrador.
i) (   ) Sobre o travesseiro, ele encontrou um livro que descrevia as pinturas.
j) (   ) Um dia o pintor resolveu pintar o retrato de sua esposa.

4 Assinale a alternativa falsa:

a) (   ) O retrato impressionou muito o narrador pela expressão realista e vívida da garota.
b) (   ) Quando o retrato ficou pronto, o pintor caiu morto.
c) (   ) Não foi a habilidade do pintor que impressionou o narrador.
d) (   ) A esposa não compartilhava com o marido a paixão pela arte.
e) (   ) Foi horrível para a moça ouvir que o marido queria pintá-la.

5 Agora assinale a alternativa correta, que responda a seguinte questão: quem percebeu que a mulher do pintor ia ficando mais fraca e abatida enquanto seu retrato era feito?

a) ( ) O narrador que se acomodou na casa abandonada.
b) ( ) Pedro, o criado do narrador.
c) ( ) A família da esposa do pintor.
d) ( ) O narrador da "história dentro da história".
e) ( ) O próprio pintor ao observar sua modelo.

A máscara da Morte Vermelha

1 Responda as questões:

a) Por que a doença era chamada de Morte Vermelha?

_____
_____
_____

b) Quais eram os sintomas da doença?

_____
_____
_____

c) Por que os criados instalaram ferrolhos nas portas?

_____
_____
_____

d) Quantos amigos o príncipe convidou para ficar na abadia?

_____
_____
_____

e) De que cor era o quarto salão?

f) Como os convidados se vestiram para a festa?

g) Que salão os convidados mais temiam e por quê?

h) O que acontecia quando o relógio lançava no ar suas badaladas?

i) A que horas o estranho apareceu na festa?

j) O que o príncipe quis fazer com o estranho?

k) Como o príncipe morreu?

1) O que aconteceu aos convidados?

_____

_____

_____

2 Imagine que o príncipe Prospero tivesse escrito um diário em um velho pergaminho, do qual algumas palavras com o passar do tempo desapareceram. Usando as palavras do quadro, preencha as lacunas para completar esse trecho do diário do príncipe.

> convidarei   coragem   prazeres
> sanguíneo   sete   cor
> cinco   baile   diversões
> escarlate   oeste
> seis   tapeçarias

Estamos aqui na abadia por cerca de _____ ou _____ meses. Providenciei muitas _____ e _____ para meus convidados, como artistas, dançarinos, músicos e bebida. Amanhã, _____ meus amigos para um _____ de máscaras. Ele acontecerá nos _____ salões da abadia, cada um decorado com uma _____ diferente. Meu salão favorito é o negro que fica no lado _____ da abadia. Ele tem as paredes cobertas de _____ de veludo negro. Seus vitrais são _____, com um tom _____ profundo. Acredito que muitos dos meus convidados não terão _____ de botar os pés nesse recinto.

3 Coloque essas sentenças da história na ordem correta.

a) (   ) O ataque completo da Morte Vermelha, incluindo seu progresso e término, durava cerca de meia hora.

b) (   ) Aquela festa foi um evento impressionante.

c) (   ) E a vida do relógio de ébano terminou junto com a vida do último folião.

d) (   ) Não havia lamparinas, candelabros nem qualquer tipo de luz nos sete salões.

e) (   ) Rumores sobre esse novo convidado se espalharam em sussurros, e um murmúrio de desaprovação se alastrou pela festa toda.

f) (   ) O príncipe estava parado na sala azul, de pé, com um grupo de criados de semblante pálido ao seu lado.

g) (   ) O príncipe tinha providenciado inúmeras atrações e prazeres: havia bobos da corte, artistas, dançarinos, músicos, beleza e vinho.

4 Leia as afirmações que seguem. Qual delas você acha que melhor expressa a mensagem do conto? Por quê?

a) A vida é breve e devemos aproveitar enquanto podemos.
b) É possível escapar de muitas coisas, mas não da morte.
c) Não podemos ajudar todo mundo, então cada um tem de cuidar de si mesmo.
d) Em tempos difíceis, vale a pena manter o espírito positivo.

_____
_____
_____
_____
_____
_____
_____
_____
_____
_____
_____

5 Pense e escreva uma breve reflexão sobre os seguintes assuntos:

a) O nome do príncipe.

_____
_____
_____
_____
_____
_____

b) O relógio gigante de ébano do salão negro.

_____
_____
_____
_____
_____
_____
_____

Sobre os três contos

1 Na sua opinião, existem semelhanças entre Roderick Usher, o pintor do retrato oval e o príncipe Prospero? Em caso positivo, quais?

_____
_____
_____
_____
_____
_____
_____
_____
_____

2 As três histórias são contadas pelo mesmo tipo de narrador?

_____

_____

_____

_____

_____

_____

_____

_____

_____

3 Relacione os eventos de *A queda da Casa de Usher* com os de *A máscara da Morte Vermelha*, preenchendo os parênteses da coluna da esquerda com os números correspondentes da coluna da direita:

a) ( ) Lady Madeline estava sofrendo de uma doença que os médicos não podiam curar.	**1** O príncipe gostava de coisas bizarras.
b) ( ) Roderick Usher tinha uma estranha coleção de livros.	**2** Ele convidou mil pessoas para ficar com ele na abadia.
c) ( ) Usher e sua irmã caíram mortos no chão.	**3** A Morte Vermelha era uma doença terrível e fatal.
d) ( ) Usher e o narrador fecham a tampa do caixão de lady Madeline e trancam a porta de ferro da cripta.	**4** Os criados fecharam as portas com ferrolhos para que ninguém pudesse entrar ou sair.
e) ( ) Usher convida o narrador para ficar em sua casa e lhe fazer companhia.	**5** Ao encarar o estranho, o príncipe caiu morto instantaneamente.

4 Cite três elementos característicos da literatura gótica presentes nos contos do livro.

a) _____

b) _____

c) _____

5 De acordo com os três contos lidos, como você acha que o autor encara a existência humana?

_____

_____

_____

_____

_____

_____

_____

_____

_____

_____

_____

_____

_____

_____

_____

_____

_____

_____

_____

_____

_____

_____

_____

_____

_____

_____

Atividades

Pesquisas:

1 *A máscara da Morte Vermelha* representa uma doença real que assolou a Europa durante a Idade Média: a peste bubônica. Com a classe dividida em grupos, desenvolva uma pesquisa sobre essa epidemia medieval. O professor de História e o de Ciências ou Biologia podem colaborar com o desenvolvimento da pesquisa, que deve expor as características da doença e que papel ela desempenhou na época em que aconteceu. Enquanto dois grupos levantam essas informações, outros grupos podem pesquisar outras epidemias que assolaram o mundo em outras épocas, como a gripe espanhola, no início do século XX, ou, mais recentemente, a Aids ou a dengue.

2 *O retrato oval* conta basicamente a história do retrato da esposa de um pintor, feito pelo próprio marido. Antes do surgimento da fotografia, os retratos pintados eram extremamente comuns e formam um capítulo especial da história da pintura. Com a classe dividida em grupos e contando com a colaboração do professor de Artes, cada grupo pode pesquisar retratos célebres da história da arte, como a Mona Lisa, de Leonardo da Vinci, ou os autorretratos de Rembrandt e de Van Gogh. Cada grupo pode escolher um retrato e pesquisar sua história bem como a do artista que o pintou. Todos os retratos escolhidos podem ser impressos de modo a transformar as paredes da classe numa galeria de arte.

Redação

Você deve ter observado o papel que a ambientação exerce nos contos de Edgar Allan Poe e como o escritor descreve com grande riqueza de detalhes os locais em que suas histórias se passam. Você já esteve num ambiente que o impressionou bastante? Sentiu que seu estado de espírito se modificou por ter sido influenciado pelo ambiente? Escolha um ambiente de que você se lembre e faça uma descrição detalhada dele, contando também como você se sentiu ao estar ali. Não importa qual o ambiente você vai escolher: uma praia, uma praça, seu quarto ou a sala de aula. Importa que você consiga transmitir ao leitor como é esse ambiente e o que você sentiu quando está ou esteve nele.

2 Imagine que a história de *A queda da Casa de Usher* fosse narrada por lady Madeline. Reescreva a história pela perspectiva dessa personagem. Você pode apresentar os mesmos fatos do conto pela perspectiva dela, mas pode também inventar outros acontecimentos ou detalhes que só poderiam ser contados caso lady Madeline fosse a narradora dessa história assustadora.